Para Aroa, todos mis cuentos.

Cuento de Noche

Calle Claveles 10 | Urb Monteclaro | Pozuelo de Alarcón | 28223 Madrid | España | www.cuentodeluz.com

ISBN: 978-84-15241-99-7

Impreso en PRC por Shanghai Chenxi Printing Co., Ltd., enero 2012, tirada número 1256-10

MIXTO
Papel procedente de
fuentes responsables
FSC® C007923

Cuento de Noche

Roberto Aliaga ★ Sonja Wimmer

Cada noche, antes de dormir, ella se sienta en mi cama con un montón de cuentos entre las manos. Los tiene todos.

Me coloca las mantas bajo la barbilla.

Elige uno al azar y, con voz suave, comienza a leer...

Al instante, palabras e imágenes transforman
mi habitación. Porque en sus cuentos,
yo siempre soy el protagonista.

Hay cuentos **_dulces_**,

como aquel en el que vamos a visitar
la feria de la ciudad. Subimos a la noria
y ella me compra algodón de azúcar...

AVUI!
¡HOY!
TODAY!
3,-

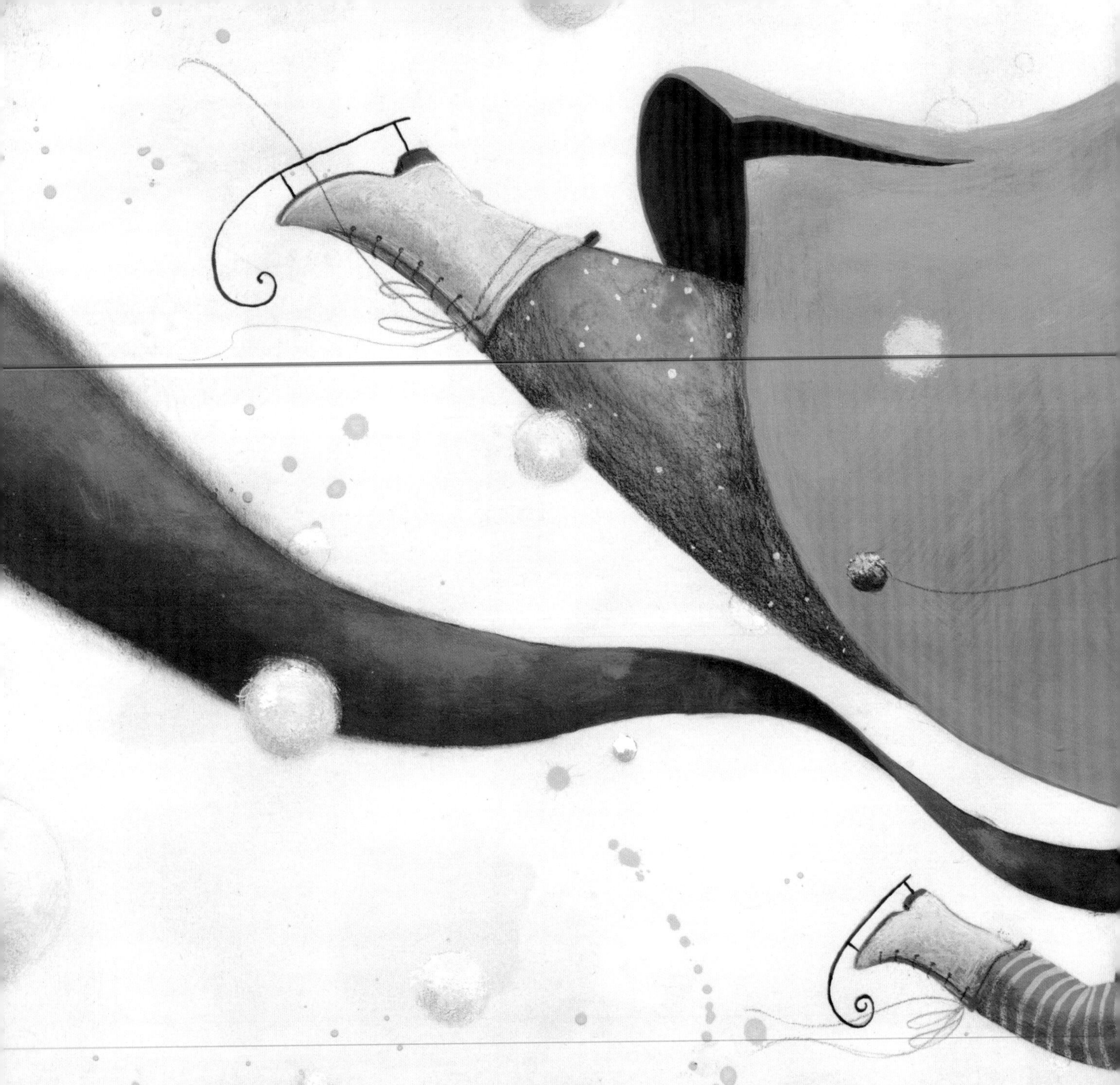

Los hay **frÍos**, como el cuento
en el que patinamos sobre el hielo,
bajo la nieve, tomados de la mano...

Algunos cuentos son ***mágicos***, como aquel en el que mi cama se posa sobre la rama de un árbol y ella me enseña a cantar y a volar.

Otros son ***terroríficos***.
En un cuento sale una mano de bajo mi cama
y me estira de las sábanas. Es mi gato Mateo,
¡pero yo no puedo saberlo...!

Hay cuentos ***divertidos***, como aquel en el que nos disfrazamos, jugando a ser quienes no somos, pero nos gustaría ser...

Los hay de color ***negro***,
como el cuento en el que la busco...
y no la encuentro.

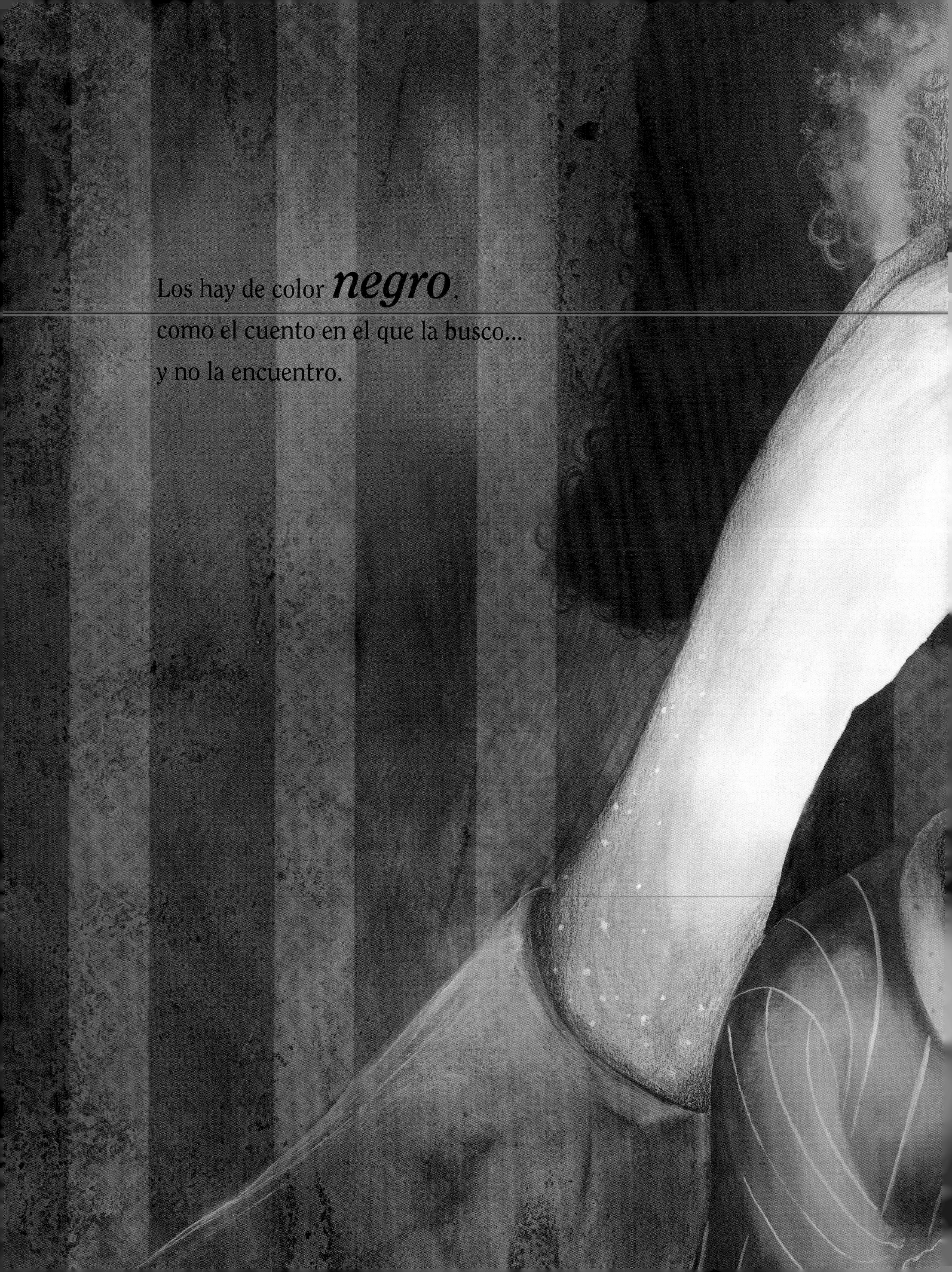

Algunos cuentos son ***misteriosos***.

Recuerdo uno en el que mi cama se levanta, como un camello, y se adentra en el desierto en busca de un espejismo...

Y otros son ***perfectos***, hasta que me despierto.

Antes de dormir, la noche se sienta en mi cama
con un montón de sueños entre las manos. Los tiene todos.

Me coloca las mantas bajo la barbilla.
Elige uno al azar y, con su voz suave, comienzo a soñar...